孔子：文與詩

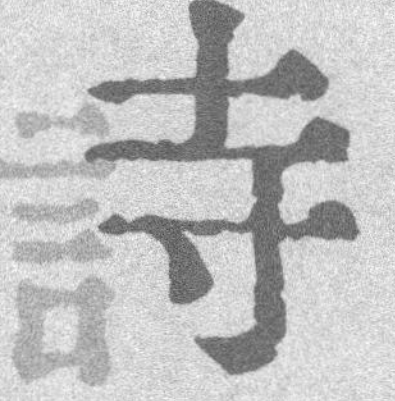

何福仁 著

中華書局

目錄：

代序：
敘事長詩的感想

《孔子寫詩》寫了三四個月，好像很努力，不是的，這其實是我寫讀《論語》的副產品，題為《我所不知道的〈論語〉》，已寫了二十篇，其中〈孔子與詩〉一文之後，我自然而然想到孔子晚年回鄉，那四五年一定思前想後，感慨遙深。老人家的心事，有甚麼更好地表達呢，我以為是詩。我覺得他是個詩人氣質很濃厚的人。後世的儒者不少寫詩，可這些也寫寫詩的人，誠如濟慈所說的，最沒有詩意。有些，一面寫，另一面又以為雕蟲小技，看不起詩。

《我所不知道的〈論語〉》和《孔子寫詩》兩書可說是兄弟篇。不過反而後來者居先，僭且稱兄，因為一來，孔子從未做過作詩的主人；二來，詩的長度相當。而前者，《論語》的討論，對不起，只能道弟，因為族類多不勝數，不少甚且早移居外地，是混血兒。混血兒，說句廢話，有的非常漂亮，有的異常醜怪。不過我不會太忘本，從血緣去講，作詩的孔子可能只是私生子，跟孔家並沒有直接的關係。

但詩就有這種曖昧，或竟就容許這種曖昧。我寫了起首的幾句：「他把自己寫的一首詩藏在論語裏／不，那時候還沒有這本書／那時候，還沒有紙本」，覺得可以寫下去了。開初寫了二三百行，就放下不管，總有其他更有趣的事吸引我。不過每隔一些日子再從電腦打開來，就想改，每次都多寫二三百行。如是越寫越長，足有一千一百多行。這當然不是香港詩作最長的詩，我的另一長詩〈遺詩，依卡洛斯〉，一千八百多行，也未必最長。不過詩並不以量勝，許多長詩，嚴格說來，其實是組詩，我也寫過組詩，像《愛在瘟疫時》，或者近來的《花草箋》，那是同一母題不同的變奏，音樂家盧定彰告訴我，能唱的話，就叫 song cycle（聯篇歌曲）。《孔子寫詩》則以孔子這個人的歷程、心事開展，為了節奏、語氣的連貫，每次加添，我總是從頭讀起。我把初稿傳給師友鄭樹森教授，他跟我談長詩的問題。初稿原本一氣而下，並不分節；分節，是接受他的建議，讓人舒緩稍息，像音樂的休止符。

感謝香港《大頭菜》雜誌借出篇幅披刊，主編要我說說感想，好的，我自以為活到了接近孔子回家的年齡，也自以為對他有一點點理解。這樣說，是青少年時讀《論語》，受五四打倒孔家店的影響，不單認為孔老二可厭，甚且可惡。到自己成為老師，思考老師的種種，才體會到這位二千五百年前的老師，不是傑出，而是舉世無匹。今人的教學，多了器材之助，無疑更方便、更細緻，視野更廣闊；但認真想想，理念、教法，大多始自孔老師，實質也無過孔老師。今天大學的分組導修，始自孔子。今人出外遊學，遠了，闊了，世界彷彿縮小了；可當年學生跟隨孔子，去的也是異國，上達治理階層，政治通識，倫理道德，一爐而冶，劍及履及，言教兼身教。並且一去十四年，荀子云：「學莫便乎近其人。」論師生的密切，豈及孔子與弟子。我讀柏拉圖、色諾芬筆下的蘇格拉底，老想到孔子；讀孔子，反而沒有想到蘇格拉底，可能心理上以為無此需要。我想，孔子的同輩，求諸四海，無論教育與哲學，可以不同，可沒有人超過他。他對中國文化，功大而少過，功，當然是肯定的，不過後人往往再加放大而借以自重，他成為工具。過呢，是他的話語，弟子門人沒有記下說話時的語境，也甚少人置之於他的整體思想去解讀，於是隨意割裂；而更多的，是由於其他人以為要清除污水，連嬰孩也一併扔出盆外。他有無數幫兇，卻原來他不是元兇。

我當孔子是一個常人去寫，不過這個人充滿智慧，圓融通識，而喜怒哀樂，實一如常人，也許因慮念深遠，因而比常人強烈。一如蘇格拉底，他生臨一個「不再」(nicht mehr, no longer) 與「尚未」(noch nicht, not yet) 之間的時代，而只有更尷尬、更複雜。了解這麼一個古人，是我退休後的工作，我從中大有所獲，釐清了許多年的困惑。數年前一位舊友忽爾來訪，見我桌上一堆不同的《論語》評註，婉轉地表示：不合時宜。我不同意，反而認為正合時宜。我認為今人之病，尤其是年輕人，正是不讀《論語》、不讀《中庸》，不解「知命守義」

的道理。「命」，我的理解不是指宿命或者命定，而是條件限制。一方面要堅守公義，另一面也要知所限制；要權宜。

詩中所寫，都有所本，當然都有取有捨、有所轉化，主要來自《論語》，這書我斷斷續續讀了三四十年，過去我追隨師友的閱讀，瀏覽各種各樣的書，例如拉美，以至歐美的小說，但觀光一陣，總會回到《論語》，回到孔子前後的年代去，那是中國文化真正的黃金時代。回去就有歸家的感覺。我總以為讀書人，合該為自己找一個差堪安頓的經典，你在外面怎樣漂泊、怎樣失意，最終你可以回到那裏安身立命，它不會勢利地拒絕你。你怎樣讀是你自己的事，難得你竟然還獲得啟發，因此寫詩。

是的，我嘗試用閃回的方法，回溯孔子的經歷。詩中的材料，即是我過去的閱讀，順手借來，例如《史記》(〈孔子世家〉、〈龜策列傳〉)、《孔子家語》、《荀子》(〈宥坐〉、〈堯問〉)、《韓詩外傳》、《左傳》、《尚書大傳》，還有《孟子》、《禮記》、《中庸》、《論衡．別通》、上博竹簡《鬼神之明》，等等，都是熟典，沒有乖僻的秘聞，其中第十二節算最離奇荒誕，來自董仲舒的《春秋繁露．人副天數》，大師胡湊作假，那個動輒殺人無數的漢天子竟然不疑。

感謝關夢南、羈魂、潘銘基、司徒俊樂各師友惠賜詩及鴻文。

孔子寫詩

1

他把自己寫的一首詩藏在論語裏
不，那時候還沒有這本書
那時候，還沒有紙本
那麼到底藏在哪裏？竹簡散亂
失序，萬花筒似的編排法
不同的筆劃，他自己也渾忘了
在弟子的家語呢
還是後人的孔叢子裏
在場，何以變成不在場
他難道概念地思想？
他翻箱倒籠，皮繩斷了又斷
一生和幾個關鍵詞纏鬥：
仁、義、禮、智、信
全輸了？因為
沒有嚴格的界定
不曾在學術刊物上發表
他自己呢，也沒有學位證書
粉絲說他生而知之
連他自己也失笑

他在夢裏和周公話別
兩個祖孫似的
忘年交，經常在晚上
詭異地約會
只見他不斷點頭
不停碰杯
很好的酒量，但不及亂
如今瑞獸被打死
那是神話的終結
他忽爾變老了，心事
曾託付一本書，一首詩
沒有上文下理，可以
從任何地方讀起，可以
隨意解釋，重新編排；或者
果爾後人就截取其中一二
成為所謂金句
成為工具
他不滿意，但已沒法子了
遲早會是個短小輕薄
廢棄實體的時代
從虛擬到虛無

當真的甩開
這過重的皮囊
這洩了氣的浮球
又會有人認定
他遠遠滯後
要對他改造，改舊衣那樣
隨意剪裁、補丁
結果越改越短
改了，難道就變成新衣
披上，貴冑與乞兒
要否再寫下去，抑或
從此告別，和文字
從此退出舞台？
這腐爛了的地方
是否還值得挽救？

——舞台上，一椅一桌
　　桌上放兩只空酒杯
　　另有紅酒白酒，又或
　　大麯茅台
　　想像而已，不一定要

AI 的虛擬

就當真的實境了？

他時而站起，時而坐下

時而負手，緩慢地踱步

一次綵排試過穿古裝，掛鬚

但後來想，也不需要這些粉墨

存在，能否在時間之外

而他除了短暫的

熟睡，一直遊走

在不同的時代

2

少年時，他找到了父親

不樹不封土的墓地

單親媽媽告訴他

父親是健力士

抓舉和挺舉共達五百公斤

爸媽是自由戀愛

卻被說成野合，恥辱

是兒要替媽媽洗脱
會的，他説，我會以直報怨
他繼承了父親高大的身材
其他，就得靠自己
他擺設好過去當玩具的祭器
禮制，也無非是認真
嚴肅的遊戲
文化即從遊戲而來
他曾為此穆然深思
怡然高望而遠志
他向植物、所有的動物學習
向郯子學歷史
説學在四夷
向師襄學琴，向萇弘學樂理
傳説向老子問禮；芸芸老師
其中一個是七歲的童子
向流水，追問時間的去向
由點滴開始
穿山崖，過深谷
淨化，物流養分
浩浩蕩蕩，匯入大海

向座右，一個盛水的欹器
明白中正的道理
以愚，以讓，以怯，以謙下
謙下，像甚麼呢，他說
像泥土，深挖會得到甘泉
可以種植五穀，養育獸禽
讓樹木生長成林，成蔭
活着，挺立其上
死後，回歸它的懷抱
謙下，要像地上的泥土
而不要像噪蛙，群居無聊
終日吱吱喳喳

3

三十歲，他創立第一所私校
一個人身兼校董校監教員
收一次學費，意思意思
以見求學的誠意
這就教了一輩子

學生也從沒結業，面試一輪
及格了，不過剛登了堂
學習，才真正開始
也沒分科，分四科
只是後人多事
真要分，應有一科叫創作
同學各個得到不同的教益
把筆記集合起來
—— 這是後話
倒也瞄準同一箭靶
有的看到圓形，平面
有的翻動，泡沫
有的，倒像回力鏢
飛去了轉向飛回來
有的，看到自己
在靶場內，老師告誡
切要留神，切勿亂跑
學而時習，公平地競賽
擊中後，產生內爆
整個人徹底改觀
之前是一個樣子

之後，連自己也認不出來
射不中，內自訟
是箭靶的問題
還是自己？
先要有學習動機
自覺有話要說卻找不到
恰當的言語
這樣的學生，可以
引導，可以啟發
舉一隅而反三
就是最好的學生
這麼的一個來自陋巷
看來營養不良
居然不改其樂；他儘管說
君子居之，何陋之有
可仍然憂慮他的健康
有的是賤民
有的是野人
粗野直率的，可不會出賣師友
有的就做買賣
上流富貴也有

不多；都無需審查
不用自我評核，不用
寫沒有官員會看的年度計劃
不管你的種族、國籍、膚色
得天下英才，固然最好
只要肯學，那怕是天下的愚魯
學業有成，可能受聘做官
可能罷了，學習是為了修養自己
不是要向人炫耀
別人不知道，也不怨惱
求學多年，難得
沒有想到做官
發財，誰不希罕呢，只是
不義而富且貴，像浮雲
這意象，投影在後世無數詩人
的波心，一個虛張聲勢
説你有你的
我有我的方向
之前一個，嘗試把浮雲
和遊子並置
然後靈光一閃

想到落日和友情比對
另一個外夷也形容自己
像浮雲，在湖畔
孤單地漫遊
卻堅稱的確是孤單的原作
年小的，昧於世情
且耐心等待
不要拔壞了幼苗
畏首畏尾的，倒要加以打氣
勿計得失，奮勇直前好了
要是上課時逐一點名
七十二位，已差不多要下課
更遑論三千個
點着點着，他想
會找到學者，找到高官
將來，找到這樣那樣
適合的工作
但還沒有找到詩人
詩集，人手一冊
詩呢，會否擦手而過

4

一個學生，深研孝道
卻講得過了頭
不慎把瓜苗鋤掉
惹得父親生氣
小杖承受，大杖仍不肯走
這是陷老爸於不義啊
差點要逐出校門
老師如今在門外倚杖
白髮搔首，對着落日發愁
要怎樣把它逗引出來
它有自己難以抑壓的
激情，中了咒
全身撼動，不知
手之舞之足之蹈之
但脾性古怪，轉瞬就溜走
來不及抓牢
就失去了
詩人浮現的時候
詩卻躲起來

像貓，豈能呼之即來
來了，是覺得你有趣
走，是你沒有好好接待
這，就是遊戲的魅力了
但他，不是在語言裏詩意地棲居
那難道不是存活的理由
應答，內省，敞開
對一個劇變的時代
豈有確定的答案
對不同弟子不同僱主
還得相體裁衣
對鄉親父老，他謙恭似不能言
議事時卻通達善辯
牢牢堅持
可又小心分寸
與知識人交談，態度中正，自然
往來的工友呢，親切、友善
他是借助談話思考
逐步展開，深化
對話，是我和你，而不是我和他
所以別怪他老是嚕嚕囌囌

別怪他對同一話題
說着說着，迂迴，繞圈
有時用琤琮的琴聲
表示拒見
有時，是啞謎
要人猜兩千年
也因此養活了無數博士
各自表述，爭辯
放心好了
謎底，他不會揭穿
他也不認為自己
是最終的威權
語言豈是漂亮的外衣
為了出席宴會？
為了在音樂會的中場
碰杯，啊，原來你也來了
而詩，要求精準、鮮活
過去，來自固定的
格套，日子一久
不再合身了
如今格套解除

人衣合體
血和肉相連
每次出現，好歹不同
都是獨立的生命
各有個性

5

但真的無悔、不倦？他的家
早被分割成無數個劏房
他自己反而在外面流浪
從一地到另一地，有時
只是流徙在兩地的隙縫
那是邊緣，城寨，三不管
是蛇蠍、豺狼的地盤
他們索性就地開研討會
排演歌劇，舞蹈，朗誦
儘管很少觀眾
免費，不用自報家門
豪宅、五星級酒店也算住過

但不佔用，不戀棧
是鳥選擇樹木
不是樹木選擇鳥
説來好像酸葡萄，讀書人
總有讀書人的自信
總得有不吃嗟來的尊嚴
追隨的學生，倒有點像丐幫
一個以為他真的要乘筏出海
馬上舉手跟隨
勇敢有餘，別忘了有父兄在
守義，可又要清楚條件限制
不要徒手搏虎
深河，不可徒步過
可以仕則仕，可以止則止
能久則久，能速則速
要通變，要行權
另一個，午睡醒來
就喜歡跟老師抬槓
有人落井，所謂仁者
不是該下去拯救麼
這個井，專為老師而掘

守喪三年，太久了
禮樂都荒廢掉
量的問題；他反問
這時候吃好穿好
心安麼？變成了質的查問
回歸禮樂的本心
不仁，則如禮樂何？
守它三十年
也只是虛應故事
好的，只要你覺得心安
後來，有一個守了六年
成為儒學博士後研究
守多了，他也未必同意
但別以為這是個不知禮樂的笨鳥
呆在墓旁的茅廬裏孵蛋
這本來是位股壇神算
一出來，三言兩語
重整了金融秩序
其實從沒離開
一直守在古檜古柏上面
揭穿那些虛偽的悼辭

咒詛那些到此一遊
喧嘩的觀光客
這世間最大的家族墓園
幢幢幽影，竟難得安眠
目前茅廬變成辦公室
墓前「祈福御守」
請善信添油上香
他被嗆得死去活來
不明白「御守」一詞
禮失而求諸野？

6

一個，說讀了書
物事辨晰，像晴明的日月
從老師學得的，即使
退居黃河、濟水之間
棲身於深山，住在土屋
依然可以彈琴鼓瑟
高歌唱詠

有人固然慶幸
沒有，也同樣高興
身心安泰、愜意
生死，已置諸度外
還有一個，多才多藝
職位攀到最高，僱主
瘋狂加租，僭建，欺凌弱小
不加勸阻，只推說並非自己的主意
他氣得幾乎中風
要其他弟子擂鼓聲討
但後來想想，要否把話收回
和腐敗的東家周旋
不好責備求全；但另一面
高薪厚祿，不是
合該扶危持顛
學生，總是良莠不齊
如果光聽說話光看外表就錯了
道德勇氣，難道
是僱主頒發的襟章
他只能說，人各有志
學生有自己獨立的人格

有自己的想法
處境不同
要對別人交代
也要對自己負責
但別人和自己豈容分割
己所不欲不施於人
己所欲，難道可以對人強加

7

他鼓勵學生自述「我的志願」
千百年來，成為入學的第一篇
老師面前，都說得低調
抱負其實不小
他不好推辭，自己也說說：但使
長者安享晚年，朋友信任，年輕人
受到關顧，讓他們發展
最好的管治，不外如是
別侈言給每人一個玫瑰園
讓每個人順適

不受逼迫已夠好了
看似簡單平實
卻也得來不易
學生參加了他帶領的
世上最早的國際遊學團
不會參觀名勝
不會拍照
也沒買保險，沒保證安全
沒指令的行程路線
好處是一生難得的體驗
而且零團費，不用
配合領隊到指定的藥店
不了解的藥，他辭謝不嘗
自編教材，首創教法
全體聽講，小組應答
在路上上課，在樹下唱歌
走過荒野走過戰火
有時餓其體膚
七日不進粒米
有時老師被點錯了相
要戰鬥突圍

有時，與雞兔同籠

言語不通

別忘了往後二千多年

書同文，可從沒有語同音

他說的是土語

但教詩書，他用雅言

周初公務宴會時引詩書

無勞翻譯，只因為

那是共識

那是共同記憶

迴增反覆，彼此合誦

那場面，想想也令人艷羨

所以，不學詩，無以言

不作詩，無所承傳

有時迷途，有時

兵荒馬亂走散

他焦急地守待；死了

如何向家長交代

「老師在，我們怎敢死呢」

兩大弟子畢竟先他而去了

還乾涸了唯一的大鯉魚

死的，不啻是他自己
他應該寫過一首哀歌
那會是怎樣的一種晚期風格
孤寂、反常，拒絕和亂世講和
鎮日自說自話
時空錯亂
失調了知覺
還以為仍在流亡
疲憊，彷徨，沮喪
輾轉尋求認同
一個安身立命的地方
他警告暴風雨逼臨
瘋狂的軍事競賽
時代已進入戰國
和為貴，不自尊尊人
和亦不可
他反覆沉吟，叫喊，一向
睿智、冷靜、理性的老師
變得那麼令人費解

——他聽到他的叫喊
那是他雙重的形象
他大量閱讀
一直在思考
如何融入那麼一個古人的角色
又如何走出，切合今人的生活
能否從古今的對話
獲得啟示、教益
而時間，豈能沒有意義呢
這個人不曾過去
又不完全現代

8

當年去國，他走三步兩次回顧
一隻流浪小狗追隨着馬車
從此成為異類朋友
牠等不到回家老病先走了
本來留下車蓋送牠
車沒有了，就用草蓆吧

這也是生靈
長期結伴、守護
茫茫然一去十四年
想到昔我往矣楊柳依依
如今回來，最難堪的是
沒有霏霏雨雪，沒有
歸家的感覺
一定還欠了甚麼
欠了甚麼，極少人追問
一個已經失去的姓氏
沒隨他周遊
沒能執子之手
一個三十二代孫卻大膽推斷
他早把她休了
訛傳三代祖孫，俱與髮妻無緣
只是錯玩一個名詞
樹大有枯枝
唯厭女者為難侍
見過南子，豈能違禮不見
他聽到紗幕後環佩叮噹
刺耳；聽到罷了

學生已經大表不滿
是南子聲譽不好，還是
因為她是女子？
要是接受一個矢志求學的
女學生，他不敢想像
那還得了？
難道，沒有女子想求知？
要是他知道，許多年後
一個女生扮成男生
為了求學，不是為了
男人社會所渲染
浪漫的愛情
他肯定會給一萬個讚
他曾盛讚姜子牙的女兒
最能幹的是
結了婚的女子
娶了太太的男兒
她們總站在成功男士的後面
站得老遠，抱着廚具半遮着臉
他選的詩豈無女性的角度
申訴不平，渴求
自由的愛戀

關雎第一首
君子不也企慕
好的配偶
詩集裏也有女作者
他一路認真地搜求，太少了
是沒有好的條件造就
他何嘗不懷念自己的女兒
已不在身邊
去國前把她嫁給一個囚犯
這學生犯了甚麼法呢
通鳥語？
為姪女主婚，選配一個
謹慎恬藏的學生
世亂，差可苟存
別叫傷健的兄長憂心

9

訪舊已半為鬼
另一半，星散了

大師摯去齊
亞飯干歸楚
三飯繚往蔡
四飯缺入秦
播鼗武逾漢水
鼓方叔過黃河
少師陽、擊磬襄呢
蹈了海
整個詩書樂團散了
舊時物事，一地碎片
刺傷了他的腳
他揉揉眼睛，是白內障
是黃斑裂孔，怎麼再看不清
自己成長的地方？
他久已不良於行
高血壓、糖尿、哮喘
手腳冰凍，時而胃痛
時而，前列腺問題
小便失禁
他覺得尷尬，怎麼好說

一個學生匆忙記下他的病歷
在深衣的衣帶上
他說呵呵不好
都不是正能量
不如記住旅途裏的見聞
還聽到泰山旁淒慘的哭聲麼
一個婦人的公公被虎咬死
丈夫被虎咬死，然後
兒子又死於虎
何不搬走呢
都沒有了
她答：沒有苛政
還記得在陳蔡絕糧餒病的日子
不是犀牛，不是老虎
緣何流落曠野
師徒可堅定不移
弦歌不衰
終於脫了險
難道沒有經歷厄困
人就不會掙扎、奮發

——當虎不怕人，吃人
他想，是牠老了，受了傷
是牠生存的環境改變了？
是甚麼的政策
令棲息曠野的犀牛、老虎
覺得不再安全？

10

回歸祖國，他領一個顧問虛銜
獲派一輛新車，老顧問
蹣跚街頭，到底不好看
可是車得自己保養
弟子質疑何不賣了給同學厚葬
這同學最得老師的疼惜
不是豐儉問題，他吃力地解釋
而是要恰如其分稱其財
儀式要合乎禮制
事死如事生
與其奢，不如儉

老師說了大半生
學生聽其言，一如其他人
並不奉行

——舞台上是否要擺放一輛單車
　　想深一層，可能留白的好
　　讓大家想像，思考
　　是否車子的問題？

對了，還是收拾心神
回到書房好些
文獻散亂一大堆
不加以整理、編定
不以仁義貫串
教和學都多麼不方便
還沒算從墓地
空群出土
會傳染，會擴散
攪亂了生和死的界線
詩，不加以搜捕
也早就化整為零

逸進文字叢裏
跟人玩捉迷藏
溯洄從之，道阻且長
溯游從之，宛在水中央

——要否在桌上拿起一本詩經
甚麼時地的版本？
由他隨機決定好了
不容自由發揮
一點點即興
還是藝術表演？

11

豈有免費的午餐，他想
既在其位，也得提提意見
見鄰居被霸佔
姑且請東主出面
東主坐在鞦韆架上
搖來搖去他的頭

情願鬥雞鬥狗
要他轉向管家請求
管家，原來也是另一隻
粉頭斑鳩，垂涎鵲巢
要他轉向家僕請求
他成為皮球，一生
就這樣滾來滾去，妄想
找一個不會移動的龍門
曾有人說他那麼關心政事
何以不從政？他答：
會的，要是選舉公正
不是內定；不過
孝順父母，友愛兄弟，睦鄰
這也是政治活動啊
還是回到小書房去最好
回到原初，人性微妙的關係去
有些要修正，有些要彌縫
要互以彼此為重
以審美經驗、歷史認知去疏通
否則情性益淡，人更涼薄
後來，一位門人只會隆禮儀

而殺詩書，下開不容偶語
而且焚書，仍在爭辯沒有坑儒
坑的只是失職的術士
從此，不得議論政事
議論君主，君主只一句：
甚無謂
後人急忙把他收藏起來
藏在壁裏，藏在
他們的腦袋
沉吟默誦，躲過
熊熊烈火
一人一個走動的版本
一個權貴為了擴建豪宅
毀了他的故居
立即聽到鐘鼓齊鳴
嚇個半死，牆裏
釋出一個個翻生
聲稱從沒有死去
自己才是真身
性相同，習相遠
內外鬩牆，自我撕裂

官司打了又打
像富二代爭奪繼承權
爭了二千年，耗盡
讀書人的心力，也許
同時獲得論辯的樂趣
每個人都掏得一點真理

12

他好歹被抬上了一言堂
過去高壓不許讀他的書
堂上，變成只有他的書
讀了獎賞；然而
經過基因改造
大量的讖緯添加
説人的曾祖父不是人
是天，人副天數
人體骨節三百六十六，副合日數
大骨節十二分，副合月數
五臟即五行；四肢是四季

堂堂國師原來也在寫
一種叫魔幻現實
以天喻今的小說
伸君以屈民，伸天以屈君
天的孫兒的兒子
得好自為之
這，豈是合一天人的本意
天遠離了大自然，化身
天主，無形，奧秘，神聖
外在於人而凌駕所有人
這些，他其實也不明白
和他有甚麼關係呢
又有的認定他筆削春秋
是素王，為革命立法
湯武不過是芸芸暴行
之一，只是權力轉移
那麼，上天豈不也在寫詩
用它詩性智慧
的語言：風雨雷電
都是能指，至於所指
只需用一己的體會去解讀

作者未死，也被處置了
好讓我們誤讀
萬世詩表，要由後人讀出來
但是否不需持存，任意編造
是否再無需判別？
學生，還需要老師？
詩人，是無父無母的孤兒？

13

詩，奇怪都以為他不會寫
反對的，還有那些要存天理
去人欲的門人後後輩
斥責中庸之用，是不辨
黑白，胡混苟且
是無達詁的朦朧
把眼睛典給了黑夜
說老師選詩論詩算了
眾多的詩選小說選
意思意思就是

別枉費神去寫
辭達而已，小技雕蟲
無益於家國；確乎無益
於一時，但要是沒有門人孟軻
超乎現實地講良知，比喻
為善端，為微明
要維護，需擴充
不假外求而心物
有機地統一
那麼，不過多一個商鞅
多一個吳起，一個孫臏
一個蘇秦、張儀，連橫合縱
君為重，眾庶為草芥
存在，難道只為服務一個霸主？
到頭來連自己也殉了葬
再沒有人向人性探險
沒有人追問存活的意義
不管你同不同意
萬古如長夜；到頭來
商鞅韓非李斯，落得個怎樣的收場
世亂紛紜，存在者各個變換着身份

豈同存在本身？
可是，他不是說過述而不作？
戲言罷了，講述別人的
同時是自己的故事
或者自己的故事，通過角色扮演
沒有一個學生記下他的笑語
沒有一個畫家不把他畫成不苟言笑
不必做詩人，真的不必
但豈能沒有詩的悟性
寫一首戲謔，自嘲嘲世的詩
難道真的很容易？誰知
內蘊同命身受的善意
百日之勞，一日之樂
難道他不懂得張弛
不懂得融通輕重
到頭來給他二千斤的包袱
不是說他是力士麼
要他伸不直腰

——他不知道，另外有些人不反對
　　他寫，反而怪他沒有寫

他們設定的一種詩

例如悲劇、史詩，只需

符合他們的自然觀、價值觀

天合於人，以及美感經驗

把圖像似的文字

改成字母，那就最好

再約略移植文藝復興

工業革命、帝國主義做背景

不就可以了？

14

不是說過：游於藝

他，難道是一讀到老的通書

難道，十五歲就自我限定

輸了起跑點，又要他

一生走一條直線

沒有猶豫，轉折，困惑

跟自己爭辯？到了

古稀之年，仍然不可越界

守後人給他的誡律，難道
他一己生活的歷程
要成為其他人的教條？
難道，只有瘋子才會吟哦
鳳兮鳳兮，何德之衰
往者不諫，來者可追？
人誰無過，可要弄清楚
那罪過，可不是上天賦予
我們總在試錯
像嬰孩學步
不斷跌倒，站立好再起步
難道，他會把過錯掩藏起來
用一個謊話掩藏另一個
日蝕月缺，抬頭就看到了
重要的是，看到他怎樣改過
他可不是在無垢的世界裏
過着無垢的生活
他會避不開陽虎
又會遇上桓魋
他難道要躲進樹洞去
連累樹也被砍下來

拯救溺水，總要沾濕衣服
追捕逃走，總得奔跑
龍游清水，在清水裏吃喝
魚游濁水，在濁水裏吃喝
他不龍不魚，算是螭吧
游的是濁水但吃在清水裏
堅牢之物，磨也磨不薄
潔白的東西，染也染不黑
美玉是要賣的，不在高價
可也不能賤價
而是要識貨的買家

15

有人見他惶惶然守在門口
像他這樣的一個人
前額似堯，脖子像皋陶
肩膀類子產
下半身呢，是大禹
只可惜矮了三寸

儼如一隻喪家狗
堯禹，古之賢君
皋陶是嚴明的大法官
豈真有人見過
不過是先揚後貶
但喪家狗，對了，倒維肖維妙
他曾經東嗅嗅
西嗅嗅，氣味不相投
沒有人收留，他也不願意苟留
這就成為了自己真正的主人
求仁得仁，難道要依賴他人
還有甚麼抱怨呢
對不同的意見
即使惡意的嘲弄
他一再表示尊重
有人一味排他，卻滿口寬容
他呢，只說跟他們和而不同
避人，避地，逃世
無可為仇，無可羨慕
他盡叩兩端，允執其中
別以為是兩端折衷

沒有兩端，執中豈不落了空
無過無不及，不是
沒原則的和稀泥
審時度勢，避免極端
那位拒絕做官的莊周
最喜歡開他的玩笑，他明白
這不完全出於惡意
甚且有人化名偽冒
實情呢，這傢伙是喜歡他的多
他只好莞爾，天下
有道，他也人間遊戲去了
和小友浴乎沂，風乎舞雩
也不必參加各種乏味的講座
接受同一問題的訪問，有問題的
其實是訪問的人，他們
演活了無知的觀眾
另一位墨翟倡議非攻
反對強凌弱、富欺貧
禿了頭損了腳跟，悽惶救世
很好，卻寄望鬼神賞賢罰暴
怪力亂神，難道

三代還講得少麼
連牙痛求醫也要問卜
他也只能説：不知道
無法説出的，保持緘默最好
緘默必須守護
等於守護純淨的語言
試想想，四季遞嬗，萬物生息
上天何曾説了些甚麼
上天，又何以報施善人？
身為教師，最大的勇氣是
在學生面前，承認自己的無知
知道自己的無知，他説
也是一種知；不過
是知的起點，而不是完結
他不是無神論者，但鬼神
保持距離的好
與其事鬼神，不如努力人事
教本，經他整理、編定
沒有鬼神沒有符咒
君子有道
既不會討好奧神

也不會獻媚灶君
不朽，並不來自肉身
不來自靈魂，不來自
向一個威權稱臣
而是來自，新的創造

16

重建周文，擇善
重新構建
再不語怪力亂神
不就是一種創造
一種詩意的覺悟
起初，大家賦詩歌詩引詩
並且作詩，只要識字
只要名流權貴都讀書
都勇於認錯，儘管不肯改過
危險僭建也不太多
那真是黃金時代
然後淪為銀銅鐵石

文化的荒漠
在荒漠裏生存，必須
生命力頑強
抗旱，耐熱，耐寒
忽而颳起的沙塵暴
光棍樹、百歲蘭、巨人柱、仙人掌
一個個帥氣的名字，一首首
他在搜尋的逸詩
前輩裏他最仰慕季札
拒不受位，掛劍送亡友
不過是數十年前，仍然
聽到整本詩經的演出
就在他的祖國
他在異地只聽到韶樂
已經樂極而三個月失去味覺
遇到有人唱歌，唱得好
請再唱一次
除非弔喪
他一定唱和
聽他擊磬，誰也聽到他一直苦學
一直在改進，在爭取多幾年

詩三百，就盼合一個誠字
不忸怩造作，無論美刺
花了三年重新調校樂譜
他自以為是一生最偉大的工作
誰知，沒多久，歌詩全啞了
幸好詩辭美妙
可以獨立觀賞
這反而成為詩作的挑戰
成為好詩的判斷
對了，巧笑美目，美是夠美
還得先有純淨的質地
倘有動人的詩句
更需要不欺世，不盜名
沒有真情實感
只是行禮如儀
收結，套一兩句成語欺場
他始終不明白
後來無歌的詩
何以仍叫詩歌？

17

當他對兒子說：小子
何莫學乎詩？潛台詞是
既有善意，何妨也試試？
知之者不如好之者
好之者不如也寫寫
何不也搞一個詩作坊
辦一個詩社？
友朋自各方來
如切如磋，如琢如磨
多寫鳥獸草木蟲魚
興觀群怨，象徵，轉喻
可以是另外一種存在
的方式，另外一種重建
可以從人性的幽深處微言大義
也可以至清而見魚
伸向戲劇，散文，小說
伸向難以名狀，四方八面
當禮壞了樂崩了，磨磨蹭蹭
還有更壞的要來

憂患的詩，前人不是寫過
黑暗和光明互構互補
爛透了，接着變好
不是二元對抗，要打倒對方
而是從對面設想，斟酌
事有所拘，又有所依
正反撞擊，然後產生
創造的火花
只要，不要搞成小圈子
老師説，這是一首辯證的詩
別當它只是圖畫，是密碼
春秋要再創作，但詩
生命之源，超脱之悟
是出發，向渺茫不確定奮進
如黯夜的星宿
向親切的大地閃回
是靈通的光
是夜半的照明
讓人在上面生活，築建
衍生，每一個可能
獨特自足的世界

豈是徒勞的不可為
豈因一時的挫折
苦寒，然後見松柏舒展
梅花最清香
不容，然後見君子

18

他是這樣思前想後
平生影像，去而復來
尼山，防邑，兄長，妻兒
他走過一座浮橋
一步一搖，後面的徐徐下墮
再不能回去了，母親
那個模仿大人祭祀的小孩
那個赴宴被拒諸門外的少年
那個發憤學習
學會駕車，打理倉庫，記帳
從小人儒開始，一生
以君子儒做目標

終於，難得東主委任
為全戶排難解紛
他彷彿看到自己，盡心
為一座失修的舊廈工作
沒有保障的信任
委曲，盤算
隨時被褫奪
豈敢說做到了？
要想收回管家的權力
卻差失幾分
豈能說擅於斡旋
總是堅持擇善
牢守底線，不肯妥協
天下知名，奇怪
從沒機會施展
名，原來只是虹彩的
肥皂泡，一戳就穿
七十年就這樣過去了
豈可說從心所願
他耳聾眼暗
聽到一把垂老的聲音：
「賜，是你麼？

為甚麼來得那麼遲？」
「老師，我是；伋也在。」
伋，他想，這孩子也不適合
從政；要是寫詩
會開一個玄學詩派麼？

——權力，有宏觀的
那是人對人
民族對民族，國對國
更體現於微觀
那是一地一區
細小如一校裏的校長
班主任，以至
班長，行長
滲透所有階層
一個文明的社會
公正，講道理
他想，要從細微處做起
一個社會，沒有人文精神
會審美，能創造
實在可憐，可悲

19

當他重病，商瞿占算
老師恐怕會在日中大去
日中？還有時間，怎麼打發呢
他説：拿書來
子貢問：老師也會有休息的時候？
他答：會的，看我來時的那片荒土
高高的，像山，像鬲鍋
就是我休息的地方
工作沒有完成
永遠不會完成
但也是時候放下
他重新抖擻
步履輕快，再無需扶持
看到母親、妻兒
還有一個高大的身影
在洙泗河畔，都來迎接
他既悲且喜
憂樂圓融
門人所謂聖之時者

是在時間內外的此在
四害消解：妄臆
絕對、泥執、唯我獨是
他仰頭放眼，看到
一隻翩翩的鳳鳥
從遠古飛來，要帶他
飛越茫茫視域之外
他自忖，豈不是東南西北人
慣於四方流浪
帶備解藥，眾弟子
也正在努力研發
不怕毒蛇、猛獸
黃疸、登革熱、伊波拉
新冠病毒，奇奇怪怪
死人無數的各種病變
披髮左衽，還算得了甚麼
身處夷狄，行乎夷狄
身處患難，行乎患難
哪個處境不可以
自得自如
到頭來，他成為自己的老師

同時是自己的學生
不斷互相提示
謙下，一以貫之

20

謙下的語言
始自一個已經失傳
盛水的欹器
不多不少，不向兩頭偏倚
他聽到自己對逝水的感喟
那晝夜奔流的
是空間化了的時間
只有已然的過去
以及未然的將來
沒有現在，說現在
現在馬上成為過去
不如把它懸置
它循道賦形
呼喊大海

表面平靜，則清澈成鑑
清，就洗衣帽；濁，就洗腳
難道，淨潔自己的靈魂
要由水主宰
唯有死水，那是
拒絕流動的存在
畢竟日月消逝，時不我與
他疲不能興，擱下筆來
泰山崩了，梁木折了
擊磬，弦歌，還有詩
老師，他聽到子夏說：
難道不是一生在寫
深切著明，見之於行事
造次如是，顛沛如是

——唸完，終於如釋重負
在桌上捧起水杯
端詳了一陣，說：
水，可以是這個樣子
可以成雲成霧
成雨成雪

它總是向東流去
不改素志
喝了，就流進我的肚子裏
一手撫撫肚皮
這裏容得下許多東西
容得下世界
放下杯子，從衣袋裏掏出
口罩，慢慢戴上
整理好
燈熄去，台下
一位工作人員帶頭鼓掌

2021 年 7 月至 10 月

史詩式的作品

〈孔子寫詩〉

關夢南

　　香港以前讀過的長詩有陳之藩的〈風雨交響曲〉、韓牧的〈迴魂曲〉和戴天的〈蛇〉。除了戴天的〈蛇〉，其餘兩詩都不留下印象。可見長詩難寫難工更難流傳。原因有二：其一是節奏，用甚麼針線，包括外在與內在的連繫，縫接千行的文字，且一氣呵成？其二是內容：能否沉厚，發酵，盤根錯節，縱橫上下，融合敘事、描寫、抒情和議論，使它們互為補充，渾成一體？

　　何福仁的千一行長詩，我一口氣讀完，感覺不但量，質也相當。詩寫得十分機智，借用「閱讀筆記」近乎點評的散文化語感，一節節地寫，合共二十節：既閒散，又集中。其間以孔子為線，開枝散葉，旁及子弟；穿插歷代古今，沉厚而輕舉。私下以為：大器晚成，隱含史詩式格局。至於其間閃爍的哲思雄辯，又令人反覆咀嚼，沉吟不已。孔子是一個備受爭議的人物：定於「一尊」抑或「孔老二」，二千年來議論紛紛，孔子其實亦身不由己。何福仁正正寫出了人物角色扮演的尷尬，誤讀與考正，有時真假莫辨。

　　長詩其中一個特色，當然是借古諷今，惟分寸拿捏恰到好處：過了就是口號；不到，又搔不着癢處。主角出場：時而踟躕，時而徘徊；時而旁敲，時而側擊，台步車前倒後，姿態往返復回，令台下的觀眾看得目瞪口呆，從來沒有想過啊，孔子是這麼一個複雜，又隱晦的人物。畫家把他畫死了，一如關二哥，現在詩人把他寫活了，如在目前。拆去七寶樓台，孔子如你如我，原來也是一個有血有肉、有思想感情的人。他，無疑更可敬、更可親了。

《大頭菜》雜誌今期破天荒以何福仁的逾千行長詩——〈孔子寫詩〉做主幹，辦了一個眾多詩人雲集的專輯，無疑再一次證明，香港詩並非「敬陪末座」，香港詩的「小日子」裏，也一直保持他獨特的呼吸與心跳。

如果孔子懂得上網

讀福仁兄〈孔子寫詩〉有感

羈魂

如果孔子懂得上網
杏檀大可撤帳，大樹
且任由桓魋砍伐
弦歌嘛
自當從此聲沉音輟
更不用喪家犬般
顛沛流離十四載啊
列國
周遊只消幾個按鈕
便足以
朝說衛靈暮諫楚昭
指點指點
誰底江山，唔，絡通
哪家天下
猶可思接八極萬仞
好讓五經六藝
灑灑洋洋於四海九州
從此當箇網紅

呃兆億拇指之讚
爭億兆粉絲之從
誰會希罕
甚麼七十二賢，嘻
三千弟子
更何勞不知第幾代
門人
隨意增刪編纂
何其不忍卒睹節節
斷句零章
成曖昧模糊
如今那片論，唉
隻語
罷罷罷
與其解讀由人
是毀是譽
孰實孰虛
還是請夫子親自道來
如果
孔子真箇懂得上網

2022 年 1 月 2 日

觀照孔子生平的一種特殊方式

評何福仁〈孔子寫詩〉

潘銘基

何福仁先生以詩的方式敘寫孔子生平，用了一千一百多行，分為二十節。詩寫孔子，並非首次；一千多行的長詩，誠為巨制，當屬破天荒。仿此制，每個古代名人，我們都可以寫出一首長篇史詩，當然首先要通讀了這位古人的生平事跡、作品，以及後世的評論。

古人也有以孔子生平入詩之舉，例子不勝枚舉。例如張九齡寫道：「江流去朝宗，晝夜茲不舍。仲尼在川上，子牟存闕下。」[1] 李白有云：「仲尼欲浮海，吾祖之流沙。」[2] 用上了《論語》的這兩章，《論語．子罕》子在川上，曰：「逝者如斯夫！不舍晝夜。」(9.17)〈公冶長〉子曰：「道不行，乘桴浮於海。從我者，其由與？」子路聞之喜。子曰：「由也好勇過我，無所取材。」(5.7) 以《論語》為本，寫孔子生平以抒己懷，此皆其例。

---

1 張九齡〈忝官二十年盡在內職，及為郡嘗積戀，因賦詩焉〉，見《全唐詩》卷四七。

2 李白〈古風〉五十九首之二十九，見《全唐詩》卷一六一。

錢基博《四書解題及其讀法》述及《論語》之讀法時，嘗有如此說法：「然蘇東坡教人讀書，每次作一意求；如欲求古人興亡治亂，聖賢作用，但作此意求之，勿生餘念；既訖，又別作一次求；事跡故實典章文物之類亦如之，他皆倣此：雖迂鈍，而他日學成，八面受敵，與涉獵者不可同日語也！」[3] 讀《論語》，可以每次帶有一特定目標，每次目標不同，得出的答案隨之而異。讀何福仁〈孔子寫詩〉，也可以循此入手，從教育、政治、整理典籍、孔門弟子等不同角度切入，所得亦必盡多。

本詩多以《論語》入文，何福仁〈代序：敘事長詩的感想〉云：「詩中所寫，都有所本，當然都有取有捨、有所轉化，主要來自《論語》，〔……〕詩中的材料，即是我過去的閱讀，例如《史記》(〈孔子世家〉、〈龜策列傳〉)、《孔子家語》、《荀子》(〈宥坐〉、〈堯問〉)、《韓詩外傳》、《左傳》、《尚書大傳》，還有《孟子》、《禮記》、《中庸》、《論衡．別通》、上博竹簡《鬼神之明》，等等，都是熟典，沒有乖僻的秘聞，其中第十二節算最離奇荒誕，來自董仲舒的《春秋繁露．人副天數》。」[4] 這裏何福仁舉出了本詩曾經資取的舊典，其實正代表了選錄孔子生平材料的一種取向。孔子生平、遊歷爭議不少，李零云：「前人辨偽，於各書的可信度向有成說，如研究孔子

3 錢基博：《四書解題及其讀法》(台北：台灣商務印書館，1996 年台二版)，頁 29。

4 何福仁：〈敘事長詩的感想〉，載《大頭菜文藝月刊》第 74 期 (2022 年 2 月)，頁 69。

生平，學者習慣上認為，只有《論語》是真孔子言，《左傳》、《孟子》、大小戴《記》次之，諸子皆可疑，《史記》等漢代人的說法又等而下之。這種看法有一定道理，但不能奉為規矩準繩。《孔子家語》和《孔叢子》，在學者心目中，一向是與《古論》、《古文尚書》及孔安國傳屬於同一組懷疑對象，但從出土竹簡看，還是很有所本。」[5] 又云：「我的建議是，了解孔子本人，可讀《史記．孔子世家》；了解他的學生，可讀《史記．仲尼弟子列傳》。」[6] 比合而論，《論語》與《史記》（〈孔子世家〉、〈仲尼弟子列傳〉）實為後人考察孔子生平之關鍵。《論語》書可能後出至漢代，且為孔門弟子對於老師話語之選錄，未必能夠全面反映孔子當日的教導。但在無可奈何的情況下，《論語》也就成為了今所見最為可靠的孔子生平資料，何福仁之詩、李零之說法，所見略同。〈孔子寫詩〉第一節起首便云：「他把自己寫的一首詩藏在論語裏／不，那時候還沒有這本書」二行詩便指出了《論語》不出孔子之時，正是詩人對《論語》成書時代的觀察。

寫孔子，有兩大可能的方向，一是寫孔子生平，或有新見新解，二是借孔子生平而抒發感慨，當然，更多的是二者兼而有之。

---

5 李零：《喪家狗：我讀〈論語〉》（太原：山西人民出版社，2007 年），頁 1 注 2。

6 《喪家狗：我讀〈論語〉》，頁 1。

文獻學上的閱讀

何福仁謂「詩中所寫，都有所本」，此非空言，在詩中可以坐實其說。舉例而言，第一節「他在夢裏和周公話別／兩個祖孫似的／忘年交，經常在晚上／詭異地約會」，語本《論語．述而》子曰：「甚矣吾衰也！久矣吾不復夢見周公！」（7.5）孔子於此慨歎自己衰老得多麼厲害，已經有很長的時間沒有再夢見周公。周公為周代制禮作樂，乃孔子偶像。孔子一生旨在拯救禮崩樂壞的社會，目的就是恢復周文。

又如第五節「另一個，午睡醒來／就喜歡跟老師抬槓／有人落井，所謂仁者／不是該下去拯救麼／這個井，專為老師而掘／守喪三年，太久了／禮樂都荒廢掉／量的問題；他反問／這時候吃好穿好／心安麼？變成了質的查問／回歸禮樂的本心」，寫的是孔子學生宰予的幾段故事。宰予，字子我，年歲無考。宰予位列孔門「言語」之科，孟子以為宰予「善為說辭」，[7]「智足以知聖人」。[8]《論語》提及宰予五次。在這五次出現裏，其中四次乃為孔子所責備，以下為其中三次：

> 《論語．公冶長》宰予晝寢。子曰：「朽木不可雕也，糞土之牆不可杇也；於予與何誅？」

7 《孟子注疏》，載《十三經注疏（整理本）》（北京：北京大學出版社，2000年），卷三上，頁93。

8 《孟子注疏》，載《十三經注疏（整理本）》，卷三上，頁95。

子曰：「始吾於人也，聽其言而信其行；今吾於人也，聽其言而觀其行。於予與改是。」(5.10)

《論語・雍也》宰我問曰：「仁者，雖告之曰，『井有仁焉。』其從之也？」子曰：「何為其然也？君子可逝也，不可陷也；可欺也，不可罔也。」(6.26)

《論語・陽貨》宰我問：「三年之喪，期已久矣。君子三年不為禮，禮必壞；三年不為樂，樂必崩。舊穀既沒，新穀既升，鑽燧改火，期可已矣。」子曰：「食夫稻，衣夫錦，於女安乎？」曰：「安。」「女安，則為之！夫君子之居喪，食旨不甘，聞樂不樂，居處不安，故不為也。今女安，則為之！」宰我出。子曰：「予之不仁也！子生三年，然後免於父母之懷。夫三年之喪，天下之通喪也，予也有三年之愛於其父母乎！」(17.21)

何福仁說「午睡醒來」云云，自是呼應《論語・公冶長》裏的「宰予晝寢」；說「有人落井，所謂仁者」云云，則是《論語・雍也》「井有仁焉」之文；說「守喪三年，太久了」，便是用了《論語・陽貨》裏宰予和孔子的對話。無一字無來處，但也要將舊籍之文有機連繫。「有人落井」是否當去救援，何福仁指出這個井乃是「專為老師而掘」，以為宰予是設計挑戰老師。

子路是孔子早期的學生，劉殿爵說：「If Confucius looked upon Yen Yuan as a son, he must have looked upon Tzu-lu as a friend.」[9] 孔子與顏回和子路關係密切，與顏回可謂亦師亦父，與子路則亦師亦友。〈孔子寫詩〉第五節「追隨的學生，倒有點像丐幫／一個以為他真的要乘筏出海／馬上舉手跟隨／勇敢有餘，別忘了有父兄在／守義，可又要清楚條件限制／不要徒手搏虎／深河，不可徒步過／可以仕則仕，可以止則止／能久則久，能速則速／要通變，要行權」，說的便是子路。

這裏用上了以下幾段文獻：

> 《論語．公冶長》子曰：「道不行，乘桴浮於海。從我者，其由與？」子路聞之喜。子曰：「由也好勇過我，無所取材。」（5.7）
>
> 《論語．先進》子路問：「聞斯行諸？」子曰：「有父兄在，如之何其聞斯行之？」冉有問：「聞斯行諸？」子曰：「聞斯行之。」公西華曰：「由也問聞斯行諸，子曰，『有父兄在』；求也問聞斯行諸，子曰，『聞斯行之』。赤也惑，敢問。」子曰：「求也退，故進之；由也兼人，故退之。」（11.22）
>
> 《論語．陽貨》子路曰：「君子尚勇乎？」子曰：「君子義以為上，君子有勇而無義為亂，小人有勇而無義為盜。」（17.23）

---

9 D. C. Lau, "The Disciples as They Appear in the Analects." In D. C. Lau (Trans.), *The Analects.* Hong Kong: The Chinese University Press, 1992. p.256.

《論語・述而》子謂顏淵曰：「用之則行，舍之則藏，唯我與爾有是夫！」

子路曰：「子行三軍，則誰與？」子曰：「暴虎馮河，死而無悔者，吾不與也。必也臨事而懼，好謀而成者也。」（7.11）

《孟子・公孫丑上》：「可以仕則仕，可以止則止，可以久則久，可以速則速，孔子也。」（3.2 節錄）

《孟子・離婁上》：「嫂溺不援，是豺狼也。男女授受不親，禮也；嫂溺，援之以手者，權也。」（7.17 節錄）

這裏想要指出何福仁兼用《論語》、《孟子》以論子路。孔子與學生周遊列國，顛沛流離，並不好過。但學生如子路、子貢、顏淵等一直追隨，是孔子有不可擋的人格魅力，殆無爭議。孔門儒家積極入世，有沒有心灰意冷的一刻？當然有，但孔子很快便自我調適，重新上路。子路以為老師欲離開中土，便立刻表示願意跟從（《論語》5.7）。對於打擊子路的火速熱心，孔子不遺餘力，這也是孔子的因材施教。問了長輩，才去行動（《論語》11.22），也是孔子對於子路的教誨。義是合宜之意，做事要依義而行（《論語》17.23），子路勇武有餘，考慮不周，〈孔子寫詩〉指出「守義，可又要清楚條件限制」。過勇的行為並不好（《論語》7.11），可能危害人生安全，孔子並不鼓勵，即使行軍作戰，也要深謀遠慮，而不以勇武為尚。放諸古今中外，孔子所言也是至理。孟子作為孔學的繼承者，承接之餘，也多有發揮。孟子的偶像是孔子，或仕或止或久或速（《孟子》3.2），何福仁用上了幾句《孟子》以評子路，可謂妙筆。子路不知行權，終於死在衛國內亂。可惜的是，子路看不到《孟子》，無法領受孟軻的訓誨（《孟子》7.17）。

司馬遷寫作《史記・孔子世家》，乃今所見首次將孔子生平編年的人。《論語》全書四百八十六章，而司馬遷採入〈孔子世家〉者有五十七章，拙著〈論司馬遷對孔子生平之考證〉嘗加討論。[10]〈孔子寫詩〉寫孔子生平，用上《史記・孔子世家》，其實也是對司馬遷如何理解他心目中的「至聖」的一種體會。例如在第九節「還記得在陳蔡絕糧餒病的日子／不是犀牛，不是老虎／緣何流落曠野／師徒可堅定不移／弦歌不衰／終於脫了險」，便是以《史記・孔子世家》之文為本。《史記・孔子世家》言陳蔡大夫「乃相與發徒役圍孔子於野。不得行，絕糧。從者病，莫能興。孔子講誦弦歌不衰」，孔子知道弟子們心裏有些怨氣，於是向子路、子貢、顏回問了同一道問題，援引《詩・小雅・何草不黃》之文，謂「《詩》云『匪兕匪虎，率彼曠野』。吾道非邪？吾何為於此？」不是犀牛，也不是老虎，卻在空曠的野外徘徊。孔子問弟子，是否自己奉行的道義並不正確，否則何以淪落至此。關於陳蔡絕糧一事，司馬遷所採用的史料頗為複雜。觀乎《孔子家語・在厄》，有提及如果楚國重用孔子，則陳蔡之地的主事者就很危險了；又有引《詩》

10　詳見拙作〈論司馬遷對孔子生平之考證〉，載《長安學術》第十六輯（2021 年 9 月），頁 1—32。

「匪兕匪虎，率彼曠野」，而子路、子貢、顏淵輪流作答之文。然而，中間所言「絕糧」至「小人窮斯濫矣」，則出《論語・衛靈公》。司馬遷何以將二事強加合併，我們不得而知。何福仁於此顯然參考了《史記・孔子世家》之文。

又，〈孔子寫詩〉有云「不是犀牛，不是老虎」，乃本自〈孔子世家〉所引《詩・小雅・何草不黃》「匪兕匪虎」句。以「犀牛」來語譯「兕」，屬於普遍認識。考「兕」字，陳子展《詩經直解》釋為「兕牛」，程俊英《詩經譯注》釋為「野牛」，周振甫《詩經譯注》同，卻不作「犀牛」之說。拙作〈兕與犀〉嘗對此考證，以為「兕」即亞洲水牛之屬，即今已滅絕的野生聖水牛。[11]

此文之上，何福仁說「還聽到泰山旁淒慘的哭聲麼／一個婦人的公公被虎咬死／丈夫被虎咬死，然後／兒子又死於虎／何不搬走呢／都沒有了／她答：沒有苛政」，便是援引了《禮記・檀弓下》所載「苛政猛於虎」的故事。因「苛政猛於虎」而下及「匪兕匪虎」，絕對是在引用文獻之餘的延伸，或許，「匪兕匪虎」也非實有所指，而是描刻當世的政局，這是詩人帶給讀者的想像空間。

用上史書的還有不少，其中包括魯恭王劉餘的故事。何福仁〈孔子寫詩〉第十一節「一個權貴為了擴建豪宅／毀了他的故居／立即聽到鐘鼓齊鳴／嚇個半死，牆裏／釋出一個個翻

11　詳參拙作〈兕與犀〉，載《字書裏的動物世界》（台北：萬卷樓，2020 年），頁 45－55。

生／聲稱從沒有死去／自己才是真身／性相同，習相遠／內外鬩牆，自我撕裂／官司打了又打／像富二代爭奪繼承權／爭了二千年，耗盡／讀書人的心力，也許／同時獲得論辯的樂趣」，所本的便是班固《漢書．景十三王傳》。《漢書．景十三王傳》:「恭王初好治宮室，壞孔子舊宅以廣其宮，聞鐘磬琴瑟之聲，遂不敢復壞，於其壁中得古文經傳。」〈景十三王傳〉本諸《史記．五宗世家》，不過《史記》並沒有載錄其毀壞孔子故居之文，故可視為《漢書》獨創。何福仁筆下的這位權貴，便是漢景帝的兒子魯恭王劉餘。「他」是孔子，魯恭王因欲擴建自己的豪宅，毀壞孔府，直至聽到「鐘磬琴瑟之聲」才告停止。詩文後半寫的，是因在孔府壁中得到了「古文經傳」，然後開始了漢代以後的今古文經學論爭。

誠如何福仁在〈敘事長詩的感想〉裏的說法，〈孔子寫詩〉參考了大量與孔子生平相關的文獻；要一一分析，等同疏證全詩，並不容易。以上略舉數例，除此以外，詩裏還可以看到《詩．周南．關雎》、《詩．秦風．蒹葭》、《楚辭．漁父》、《孔子家語》、《春秋繁露》、《大戴禮記》、《論衡》、孔穎達《五經正義》、李白〈送友人〉、黃檗禪師〈上堂開示頌〉、徐志摩〈偶遇〉、胡適《中國古代哲學史》、英國詩人威廉．華茲華斯（William Wordsworth）〈我孤獨地漫遊，像一朵雲〉（"I wandered lonely as a cloud"）等中外名篇的身影。何福仁在大學本科主修比較文學，寫作時出入古今中外名著經典，〈孔子寫詩〉正展現了如此的風格。觀乎現今詩壇，不少作品故作高深，卻無的放矢，以艱深文淺意。其實，詩作意境高遠，深刻蘊籍，源於詩人的深醇學養，何福仁〈孔子寫詩〉便是顯例。

化用舊典出新意

文學作品用典，並不罕見。運用典故，不在於賣弄學識，而是在於翻出新意，述説己見。在李浩榮一篇訪問何福仁的文章裏，特別指出了何福仁在散文裏所呈現的幽默感，既善諷刺，亦懂自嘲。[12] 在何福仁散文集《那一隻生了厚繭的手》的封底文字裏，編者有如此有的形容：「創作之難，難在創新。創作最重要的，不是文字，而是思維，是抒寫的眼界，是識見，是想像。本書作者便能以機智幽默的筆觸，具創意的手法和形式，將對生活、人事和社會的感受和看法，向讀者娓娓道來；有些濃墨重彩，有些輕輕帶過，分享的，就是通達、完整的人生。」[13] 可見何福仁的散文充滿幽默感，殆無可疑。

在〈孔子寫詩〉裏，在用典之餘，也可見何福仁在詩作裏呈現的幽默感。例如在第八節，主要寫了孔子身邊的幾個女子。我們或許會想，看盡一部《論語》，也沒有多少女子的身影。沒錯，可是詩人就是抓住了物以罕為貴的特點，花了一節的篇幅抒寫了幾位女子。

1. 亓官氏（孔子太太）

〈孔子寫詩〉第八節「當年去國，他走三步兩次回顧／一隻流浪小狗追隨着馬車／從此成為異類朋友／牠等不到回家老

12　詳參 2016 年 8 月 8 日〈明藝・人物專題：省思人物　虛實共冶 ——專訪何福仁〉（李浩榮訪問及整理），https://m.mingpao.com/ldy/cultureleisure/culture/20160808/1470594522312。

13　何福仁：《那一隻生了厚繭的手》（香港：中華書局，2015 年），封底。

病先走了／本來留下車蓋送牠／車沒有了，就用草蓆吧／這也是生靈／長期結伴、守護／茫茫然一去十四年／想到昔我往矣楊柳依依／如今回來，最難堪的是／沒有霏霏雨雪，沒有／歸家的感覺／一定還欠了甚麼／欠了甚麼，極少人追問／一個已經失去的姓氏／沒隨他周遊／沒能執子之手／一個三十二代孫卻大膽推斷／他早把她休了／訛傳三代祖孫，俱與髮妻無緣／只是錯玩一個名詞／樹大有枯枝」，這裏說的就是孔子的夫人亓官氏。

孔子的狗死了，請弟子子貢幫忙埋葬，事見《孔子家語・子貢問》、《禮記・檀弓下》等。此狗是否在孔子周遊列國之時便即追隨，不得而知，純屬詩人想像。人與狗成為朋友，也就呼應了「狗是人類最好的朋友」的說法。「茫茫然一去十四年」，乃是孔子周遊列國的時間長度。此下以《詩・小雅・采薇》作引入，去國已久，「一定還欠了甚麼」，是甚麼呢？便是孔子夫人——亓官氏。亓官是「一個已經失去的姓氏」。這裏的戲謔之文，是孔子的第三十二代孫兒孔穎達。孔穎達編撰《五經正義》，在《禮記・檀弓上》「伯魚母出」句，便解作為孔子休妻。何福仁以為孔穎達「只是錯玩一個名詞」，即是在「期」字的解說。我不打算在這裏處理這個字的學術論爭。詩人最後指出，孔穎達錯解〈檀弓〉之文，戲謔為「樹大有枯枝」。

在整部《論語》裏，孔子夫人亓官氏缺席，沒有她的份兒。在周遊列國裏，孔夫人似乎也沒有同行。這導致在香港演員周潤發所主演電影《孔子：決戰春秋》裏，宣傳海報上的男女主角，乃是孔子（周潤發飾）與衛靈公夫人南子（周迅飾）。

2. 衛靈公夫人南子

衛靈公在位四十二年，而魯衛毗鄰，故孔子有多次到衛的經歷。衛靈公在位彌久，從早年的平庸到後期的徹底昏庸，顯非聖王賢君之材。衛靈公的寵姬為南子，〈孔子寫詩〉有道，「唯厭女者為難侍／見過南子，豈能違禮不見／他聽到紗幕後環佩叮噹／刺耳；聽到罷了／學生已經大表不滿／是南子聲譽不好，還是／因為她是女子？／要是接受一個矢志求學的／女學生，他不敢想像／那還得了？／難道，沒有女子想求知？／要是他知道，許多年後／一個女生扮成男生／為了求學，不是為了／男人社會所渲染／浪漫的愛情／他肯定會給一萬個讚」。孔子見南子，使子路大感不滿，在《論語．雍也》、《史記．孔子世家》皆詳載此事。清人梁玉繩《史記志疑》對於司馬遷載錄此事，不以為然，其云：「《示兒編》曰：『聖人方以季桓子受女樂而去魯，適衛而又為靈公南子驂乘，不知子長何所本而云然？』《史記疑問》曰：『欲通齊景，不恥家臣；欲媚夫人，幃中交拜。且使為次乘，儼同宦寺之流，過市招搖，不顧辱身之醜，小人之所不為也，而謂孔子為之乎？馬遷誣聖，罪在難寬。』余謂《呂氏春秋．貴因篇》言孔子道彌子瑕見釐夫人，同妄也。」[14] 以為司馬遷以孔子見南子之事載入世家裏，實為不當之舉。大抵子路所不悅者，「是南子聲譽不好」，而非「因為她是女子」。詩人因其創新思維，筆鋒一轉，如果

14 梁玉繩：《史記志疑》（北京：中華書局，1981 年），卷二五，頁 1126—1127。

南子是矢志求學的女學生呢？孔子不敢想像，也無法想像，事實上孔門弟子沒有一個女學生。觀照孔子，切忌以今繩古，孔子開平民講學之風，在當時已是創舉。孔門沒有女學生，並非孔子不夠前衛，而是時代潮流距離這一步還有一大段路程。

由南子到女學生，何福仁再聯想那位「一個女生扮成男生／為了求學」到祝英台，詩人無限的想像開拓了讀者的眼界。為甚麼詩人認定「他肯定會給一萬個讚」予祝英台呢？此因孔子既開平民講學之風，又強調「有教無類」，更自言「十室之邑，必有忠信如丘者焉，不如丘之好學也」（5.28），自言最為好學，而且「學而不厭」（7.2）。孔門教學重視「學而優則仕」，學習然後當官並救世，才有拯救當時禮崩樂壞社會的可能。這裏是從南子開始而翻出新意。

3. 邑姜

接下來詩人所寫的女子，並沒有道出她的名字。〈孔子寫詩〉謂「他曾盛讚姜子牙的女兒／最能幹的是／結了婚的女子／娶了太太的男兒／她們總站在成功男士的後面／站得老遠，抱着廚具半遮着臉」，寫的是姜太公的女兒，即邑姜，乃是周武王姬發的王后。邑姜的成功之處在哪裏呢？《大戴禮記．保傅》云：「周后妃任成王於身，立而不跂，坐而不差，獨處而不倨，雖怒而不詈，胎教之謂也。」此言邑姜懷妊成王的時候，站立時不歪斜，坐着時不偏倚，獨處時不疏慢，雖不高興也不罵人，這便是胎教。何福仁寫道「最能幹的是／結了婚的女子」，邑姜的成就在於誕下了太子誦（周成王）和唐叔虞，其他事跡闕如。

何福仁復言「她們總站在成功男士的後面」，使人不禁想起《論語》裏的另一段文字。《論語．泰伯》舜有臣五人而天下治。武王曰：「予有亂臣十人。」孔子曰：「才難，不其然乎？唐虞之際，於斯為盛。有婦人焉，九人而已。三分天下有其二，以服事殷。周之德，其可謂至德也已矣。」（8.20）這裏周武王指出自己有十名大臣輔助治理天下。十人者是誰？漢代馬融以為周武王所說的十人，當為「周公旦、召公奭、太公望、畢公、榮公、太顛、閎夭、散宜生、南宮适，其一人謂文母」。[15] 為甚麼孔子以為武王的亂臣只有九人呢？因為有一婦人在其中，故十減一而得九。馬融注直言這一人是文母，即周文王王后大姒，從夫之謚，武王之母，謂之文母。清人俞樾《群經平議》以為文母之說不妥，其說如下：

> 樾謹按：劉原父《七經小傳》以子無臣母之理，改為邑姜。王氏《困學紀聞》據《釋文》予有亂十人，本無臣字，謂舊說不必改。竊謂武王誓師，數其佐治之人而并及其母，稱為「予有」，縱無「臣」字，於義亦不可通。疑舊說所謂文母者，亦即邑姜也。文母之稱見於《詩．周頌．雝篇》，曰：「既右烈考，亦右文母。」毛傳曰：「烈考，武王也。文母，大姒也。」以子先母，義殊

15 《論語注疏》，載《十三經注疏（整理本）》（北京：北京大學出版社，2000 年），卷八，頁 119。

未安。鄭箋易之曰：「乃以見右助於光明之考與文德之母，夫曰文德之母，則是贊美之辭，非從其夫之謚而稱文矣。」是鄭意不以文母為大姒也。馬融《毛詩注》不傳，疑其解烈考、文母正為武王邑姜。鄭所謂光明之考文德之母，即本其說，鄭固嘗從馬學也。後人習于《毛詩》之說，但知文母之為大似，故於此注文母亦以大姒當之。不知馬融於《詩》自有注，未必其同於毛《傳》也。[16]

俞氏以為「文母」乃是「文德之母」，並非周文王王后之謂。據俞說，「文母」即邑姜，即周武王王后。程樹德《論語集釋》亦以俞說為是。[17] 邑姜重視胎教，使成王健康成長，成為繼位之君，開成康之治。如詩人所言，邑姜無疑是「總站在成功男士的後面」。

最後，何福仁以為這些成功男性背後的女性，「站得老遠，抱着廚具半遮着臉」，乃為「猶抱琵琶半遮面」一句翻出新意。唐代詩人白居易〈琵琶行〉有「千呼萬喚始出來，猶抱琵琶半遮面」二句，「琵琶」換作了「廚具」，不單止沒有

16 俞樾：《群經平議》（清光緒二十五年刻春在堂全書本），卷三十，頁 22a—23a。

17 程樹德：《論語集釋》（北京：中華書局，1990 年），卷十六，頁 555。

走出來，更是遠遠的站在後面，用戲謔的方式敘寫了偉大的邑姜。

4.〈關雎〉女主角

由孔子，而及於孔子所編《詩》。有關《詩》之成書，舊有采詩、獻詩、刪詩等說。《論語》、《史記．孔子世家》皆有孔子編《詩》的記載。〈孔子寫詩〉第八節謂「他選的詩豈無女性的角度／申訴不平，渴求／自由的愛戀／關雎第一首／君子不也企慕／好的配偶／詩集裏也有女作者／他一路認真地搜求，太少了」，這裏寫的是《詩．周南．關雎》，也就是今所見《詩經》的第一首。

〈關雎〉有謂「窈窕淑女，君子好逑」，漂亮善良的好姑娘，該是君子的好對象。這是出自男性角度的敘述。何福仁以為孔子所選之詩「豈無女性的角度」，是轉換了讀者的視角，淑女是君子的好逑，為甚麼不可以君子是淑女的好逑呢？在前文那位「她們總站在成功男士的後面／站得老遠，抱着廚具半遮着臉」的邑姜之下，這裏的女主角敢於追求「自由的愛情」，其實也就代表了孔子筆下女性的重要性。

孔子編《詩》，三百零五首裏有沒有女作者呢？何福仁說「詩集裏也有女作者／他一路搜求，太少了」。是的，《詩經》裏的愛情詩、閨怨詩，作者可能是女性，如《衛風．氓》、《衛風．竹竿》、《周南．卷耳》、《召南．鵲巢》、《召南．草蟲》、《邶風．泉水》、《鄘風．柏舟》等，都屬於這類作品。唯有《鄘風．載馳》的作者是春秋時期的許穆夫人，殆無可疑。三百零五篇裏只有一首能夠肯定出自女性，確實是太少了。

5. 女兒與姪女

〈孔子寫詩〉第八節接下來的兩位女性，與孔子關係密切，一是自己的女兒，二是兄長的女兒。「他何嘗不懷念自己的女兒／已不在身邊／去國前把她嫁給一個囚犯／這學生犯了甚麼法呢／通鳥語？／為姪女主婚，選配一個／謹慎恬藏的學生／世亂，差可苟存／別叫傷健的兄長憂心」，何福仁用了兩段《論語》裏的故事。《論語・公冶長》子謂公冶長，「可妻也。雖在縲絏之中，非其罪也」。以其子妻之。（5.1）孔子以為可以將女兒嫁給公冶長，雖然他曾被關在監獄之中，但不是他的罪過。公冶長犯了甚麼事情而被關進監獄呢，史無明文，我們也無從知曉。但從孔子的敘述中，可見他深明大義，看的是公冶長的本質，而非他曾經坐牢的往事。詩人在「通鳥語？」加上問號，乃因後世有公冶長通鳥語的傳說，事見六朝皇侃《論語集解義疏》之引錄。[18] 然而，此事孰為真假，言人人殊，故詩人加上問號，代表此事之未必全然可信。何福仁的創新在於「他何嘗不懷念自己的女兒／已不在身邊」二句，嫁給公冶長，而公冶長不在周遊列國之列，則女兒已不在自己身邊，孔子只得懷念一途。

接着，還有南容。《論語・公冶長》子謂南容，「邦有道，不廢；邦無道，免於刑戮」，以其兄之子妻之。（5.2）孔子以為南容在國家政治清明，總有官做，不被廢棄；在國家政治黑

18 可參蔡仁厚：《孔門弟子志行考述》（台北：台灣商務印書館，1992年第二版），頁 148－149。

暗之時，也不致被刑罰。於是便把自己的侄女嫁給他。楊伯峻以為當時孔子兄長孟皮已死，所以孔子替他的女兒主婚。[19] 孔子在生之時，乃是春秋末年，堪稱亂世。何福仁指出南容是一個「謹慎恬藏的學生」，相信可於亂世苟存，也算是對兄長的交代。南容是「邦有道，不廢；邦無道，免於刑戮」的人，慎言慎行，故何福仁歸納為「謹慎恬藏」，言之是也。

向萬世師表致敬

何福仁曾經在中學任教多年，對教育事業是愛之深而責之切，〈敘事長詩的感想〉云：「這位二千五百年前的老師，不是傑出，而是舉世無匹。今人的教學，多了器材之助，無疑更方便、更細緻，視野更廣闊；但認真想想，理念、教法，大多始自孔老師，實質也無過孔老師。」[20] 說的是在教學之上孔子更為優秀，沒有人能夠超越他。在〈孔子寫詩〉裏，有許多與教育相關的描刻。

〈孔子寫詩〉第一節謂「一生和幾個關鍵詞纏鬥：／仁、義、禮、智、信／全輸了？因為／沒有嚴格的界定／不曾在學術刊物上發表／他自己呢，也沒有學位證書／粉絲說他生而知之／連他自己也失笑」，這裏提出了中國哲學一個普遍認為的問題，那便是缺乏嚴格的界定。問題在於，用上了西方哲學的說法，才會有嚴格界定的需要。如果中國哲學用中國式的詮

19　楊伯峻：《論語譯注》（香港：中華書局，1984 年），頁 42。

20　何福仁：〈敘事長詩的感想〉，載《大頭菜文藝月刊》，頁 68。

釋，是否有嚴格界定便不再重要了。在學術期刊上發表論文，乃是大學教員的必需，此等論文是否有益於世，本屬難知。學位證書是今天覓得教席的關鍵，但孔子「也沒有學位證書」，他是怎樣廣受後世景仰呢？尊崇孔子的人，以為他是「生而知之」，可是孔子自言：「我非生而知之者，好古，敏以求之者也。」（7.20）故詩人以為孔子「連他自己也失笑」。孔子沒有學位證書，但其博學之名卻是無可爭議。

又，第三節「三十歲，他創立第一所私校／一個人身兼校董校監教員／收一次學費，意思意思／以見求學的誠意／這就教了一輩子／學生也從沒結業，面試一輪／及格了，不過剛登了堂／學習，才真正開始」，孔子開平民講學之風，使不同階層的人都有機會接受教育。何福仁投身教育工作多年，在現今的學校裏，校監、校董、教員一大堆，而孔子之時只是他一人兼任數職，卻仍能得到萬世師表的雅號。學費只收一次，是誠意的表現，卻得到終身的教導。有教無類，「自行束脩以上，吾未嘗無誨焉」（7.7）。追求學問知識，登堂然後入室，登堂不過是開始，入室才是進德修業的表現。

又，第三節「先要有學習動機／自覺有話要說卻找不到／恰當的言語／這樣的學生，可以／引導，可以啟發／舉一隅而反三／就是最好的學生」。詩人說怎樣的學生才是好學生：學習動機要由學校製造，舉一反三則要學生出之。在孔門弟子裏，遍觀《論語》，孔子最為愛惜的必然是顏淵，但做到舉一反三的，有幾位更有可能，子貢（1.15）、子夏（3.8）、陳亢（16.13）是其中表表者。作為教師，自然希望可以教學相長，能夠做到舉一反三的學生，永遠最得老師歡心。

又，第七節「他鼓勵學生自述『我的志願』/ 千百年來，成為入學的第一篇 / 老師面前，都說得低調 / 抱負其實不小 / 他不好推辭，自己也說說：但使 / 長者安享晚年，朋友信任，年輕人 / 受到關顧，/ 最好的管治，不外如是」，寫的是莘莘學子都經歷過的作文題目：「我的志願」。在老師面前各言其志，看似容易，其實困難，老師如非有着海納百川的胸襟，上課氣氛如非輕鬆愉快，都難以達到理想的效果。《論語》裏的「我的志願」主要有兩次，一次是在〈公冶長〉，一次在〈先進〉。後者是著名的〈侍坐章〉，參與的除了老師以外，還有子路、曾晳、冉有、公西華，這次只有學生們各言其志，而老師則表達了對曾晳志向的認同。

何福仁這裏寫的是前者。《論語．公冶長》顏淵季路侍。子曰：「盍各言爾志？」子路曰：「願車馬衣輕裘與朋友共敝之而無憾。」顏淵曰：「願無伐善，無施勞。」子路曰：「願聞子之志。」子曰：「老者安之，朋友信之，少者懷之。」（5.26）論資排輩，子路較諸顏淵年長二十一歲，因此也無關衝動與否，子路率先暢言己志。顏淵是師弟，接着也述說了自己的志向。何福仁以為子路和顏淵的志向都不小。《論語》裏沒有多餘的氛圍描寫，但子路直言「願聞子之志」，我們可以想像到當時師生相處融洽的上課氣氛。如詩人所言，孔子的志向關心到長者、朋友、年輕人，其實代表了關懷所有人，政府最好的管治也不過如此。

同樣在第七節裏，何福仁還提及孔子組織了「國際遊學團」。〈孔子寫詩〉道「學生參加了他帶領的 / 世上最早的國際遊學團 / 不會參觀名勝 / 不會拍照 / 也沒買保險，沒保證安全／沒指令的行程路線／好處是一生難得的體驗」。孔子及其弟子所以周遊列國，乃因魯國已經無可救藥，故四處訪尋聖王賢君，欲其採用己説，拯救禮崩樂壞的社會。近年來，香港中小學多流行在學校長假期裏舉辦遊學團，目的固然在於使青年學子增廣見聞。遊學團理當有着指定路線，參觀名勝乃是指定行程，且因參加者均為學童，學校必須為學生買保險。但孔子的國際遊學團並非如此，追隨老師，訪尋賢君，僅此而已。或許，沒有了今天遊學團的種種繁文縟節，學生細聽老師講解，所得更多。這是對當今學界瘋狂舉辦遊學團的反思與諷刺！

又，在第十五節，提及了教師最大的勇氣，也是教師應該要有的氣度。〈孔子寫詩〉謂「身為教師，最大的勇氣是／在學生面前，承認自己的無知／知道自己的無知，他説／也是一種知；不過／是知的起點，而不是完結」，説的是承認無知的勇氣。在《論語．為政》裏，孔子曾經向子路解釋何謂「知」：「由！誨女知之乎？知之為知之，不知為不知，是知也。」（2.17）孔門話語，多是因材施教，針對學生的性格特點。子路必然是有強不知以為知的情況，所以孔子才會指出「知之為知之，不知為不知」的大道理，並以為能夠這樣「知」與「不知」，本身也就是「知」了。所以，何福仁謂承認無知乃是知的起點，並非完結。回想現今社會，在執起教鞭前，總要學習一大堆似是而非的教育理論，其實知識傳授的要點是知識本身，承認無知，源於發現知識的無窮無盡。因此，為人師者，當必盡力豐富自己的知識，才不枉孔子在二千多年前的教誨。

再如第十九節裏提到「到頭來，他成為自己的老師／同時是自己的學生」。這裏可以看到孔子的自省，同時，自省也是孔門教學的重點。孔子以各式各樣的學問教導學生，在周遊列國的過程裏，開導學生之餘也在開導自己。教學相長，其庶幾乎！

詩而非詩歌

何福仁〈孔子寫詩〉討論了「詩」為何稱作「詩歌」。第十六節多於此着墨。「詩三百，就盼合一個誠字／不忸怩造作，無論美刺／花了三年重新調校樂譜／他自以為是一生最偉大的工作／誰知，沒多久，歌詩全啞了／幸好詩辭美妙／可以獨立觀賞／這反而成為詩作的挑戰／成為好詩的判斷／對了，巧笑美目，美是夠美／還得先有純淨的質地／倘有動人的詩句／更需要不欺世，不盜名／沒有真情實感／只是行禮如儀／收結，套一兩句成語欺場／他始終不明白／後來無歌的詩／何以仍叫詩歌？」《詩經》本來可以合樂而歌，東漢何休在注釋《春秋公羊傳．宣公十五年》時，曾說「男女有所怨恨，相從而歌，飢者歌其食，勞者歌其事。」[21] 不少詩歌正由此而生，特別注意其中提及之「歌」字。中國古代經典有所謂「五經」或「六經」之說，謂之「五」抑或「六」，差異在於《樂經》是否在其中。

《樂經》有說因秦末火災被燒毀。另一方面，也有學者質疑《樂經》是否曾經存在，如清人邵懿辰在《禮經通論．論樂本無經》說：「樂本無經也。……故曰詩為樂心，聲為樂

---

21 《春秋公羊傳注疏》，載《十三經注疏（整理本）》，卷十六，頁418。

體，……樂之原在《詩》三百篇之中，樂之用在《禮》十七篇之中，……先儒惜《樂經》之亡，不知四術有樂，六經無樂，樂亡，非經亡也。」[22] 反之，西漢戴聖所編《禮記》中卻收錄一篇《樂經》注釋文〈樂記〉；另《左傳》亦有《樂經》相關記載，故學者又多認為過去曾有《樂經》存在。詩可合樂而歌，方稱「詩歌」，否則何以有此名？是以姑勿論《樂經》是否存在，詩本可合樂而歌當無可疑。

何福仁〈從組詩到組曲〉說：「五四以後詩作都稱之為詩歌，包括新詩，以及後來的現代詩。我一直以為這只是慣稱，其實並不恰當，因為都不能唱，有詩而無歌。當然，有些詩，經過譜曲，可以唱；不過稱詩歌，仍嫌不準確，因為詩放在前面，只是修飾歌，歌曲才是主角。古代的詩，從詩經到漢樂府，都合樂，可以唱。漢人對詩有一個優美的叫法：歌詩；可以歌唱的詩。唐詩也有繼承樂府的，至於宋詞元曲，更必須配合詞牌／曲譜，而且往往曲譜先行，詩人按曲填詞。」[23] 在這裏，何福仁再次指出詩本合樂而歌，方稱「詩歌」，如果失去音樂作為配合，則稱「詩」而不可加「歌」字。在〈孔子寫詩〉裏，何福仁為孔子代言：「他始終不明白／後來無歌的詩／何以仍叫詩歌？」三句說明了「詩歌」至「詩」的文學發展歷程，同時也印證了《史記 · 孔子世家》指出「三百五篇孔子皆弦歌之」的說法。

22　邵懿辰：《禮經通論》，載《皇清經解續編》（南菁書院版），卷一六八，頁 1b。

23　見《疫托邦之歌》場刊（2022 年 11 月 19 日至 20 日公演），頁 3。

在〈孔子寫詩〉裏，何福仁論述了一些好詩的標準，包括合乎「誠」字、不忸怩造作、純淨的質地、要有真情實感、不當行禮如儀。孔子編撰《詩經》，以上或許可以成為我們閱讀詩作的一些方向。發乎情，止乎禮，知易行難。同時，《論語．陽貨》有云：「禮云禮云，玉帛云乎哉？樂云樂云，鐘鼓云乎哉？」（17.11）禮樂不單止是儀式，所重更在乎內心。

這篇長篇敘事詩題為「孔子寫詩」，但歷史、文獻告訴我們，孔子沒有寫詩，或許我們要探究的是「寫」字。甚麼是「寫」？真的要援筆一揮，全為自己文字，才可稱為「寫」嗎？孔子沒有寫詩，但有編《詩》；觀乎漢代王式以《詩》作諫書，是知《詩》蘊藉甚豐，藏有編者之用心。故可以勸勉君主，達一己之志。述而不作，既是孔子所言，更是其行事之指引，孔子沒有寫詩，但留下來，仍然足以明志、足以啟迪後人。

＊＊＊

後記：何老師是我在中學預科時期的班主任，講授中國文學科，日後我在大學裏主修中文，成為中文老師，全仗何老師的啟發與教導。當年預科中國文學範文有《論語．先進》一篇，今天復評〈孔子寫詩〉，彷彿重回昔日舞雩沂水的理想境界，也回憶起當年何老師講授的點點滴滴。我不專研現當代文學，但雅好儒家文獻，〈孔子寫詩〉可見的是何老師出入古今中外名篇，富有啟發性的長篇巨著。

誰說孔子寫詩？

讀〈孔子寫詩〉有感

司徒俊樂

孔子會否寫詩，除了詩人何福仁在他的詩作中有說明外，網上的百科也能給我們提供千萬字的答案。但我的焦點，卻想放在寫詩的人身上。何福仁是我文學班老師，其中有兩句常說的話，或許能作本文引子。「作者已死」，這是羅蘭．巴特提出的觀點。大學時修讀比較文學的何老師，向一班預科生說明「作者已死」的觀點，作為學生的我當時只會感到有趣。但如今看來，卻另有一番味道。另一句何老師常說的，我如今只記得其意了，大概是指：讀一篇文學作品，你或許可以了解其中所描述的人事物，但你必然能認識到作者如何看待他所描述的對象。套用到這次讀〈孔子寫詩〉，可轉化為：你或許可了解到孔子，但你必然能認識到何福仁如何看待孔子。因此，這篇「有感」，會從個人層面出發，以學生角度，看看何福仁老師這位詩人。

這首一千多行敘事長詩，何老師給它標注的日期是「2021年7月至10月」。單單三個月，如毫無先前的沉澱，要寫出這近萬言的長詩實不容易。但如回顧近十年何福仁老師的著作，即可發現他自2010年退休後，早已對先秦時期有大量研究。於2013年，其著作《歷史的際會——先秦史傳散文新讀》出版，以春秋戰國為主軸，選經典名篇以古論今，兼具歷史、文學及通識。至 2017 年，即出版《李斯文章：一個讀書人的選擇》，同樣參考大量先秦乃至當代文獻，討論秦政並反思讀書人在時代裏的抉擇。更別談近年在《虛詞》的專欄了，這些作品，均觸及大量先秦時期文本。及後至近年「回歸」詩人本職，於不同平台發表詩作，並出版《孔林裏的駐校青蛙》（2019）及《愛在瘟疫時》（2021）。故於 2021 年底寫起這詩，其實可謂厚積薄發。當然，現在回顧何老師的興趣，不能解讀作為他寫這〈孔子寫詩〉的原因。但管中窺豹，看他的前作，即可猜想這首長詩不是簡單的三個月就變出來的魔術。

這一千多行的詩，就算分成了二十節，我也不敢說自己全都讀通了，除了時間有限，更主要的問題是自己能力有限。何老師也說了，要讀，該印出來，或每月一節，夠讀一年半有多。我想，作為老師的何福仁，和作為詩人的何福仁，應該是有過些角力吧。作為詩人，當然是「詩本一氣而下」，可為顧及讀者，作為老師的何福仁從了鄭教授的意見——分節，說是給人喘息的空間。或許這也是當了那麼多年老師，深知讀者過度解讀的惡劣影響吧（就如公開考試般，文本的解讀只有一個標準答案，甚至把作者也「殺死」了）。

沒有上文下理，可以從任何地方讀起，可以隨意解釋，重新編排；或者果爾後人就截取其中一二，成為所謂金句。他不滿意，但已沒法子了。就像我現在，把第一節的某幾句抽出來解讀，截取成為「我的金句」。就算何老師不滿意，他又能有甚麼法子呢？難不成還要另寫一文痛罵我這個不成材的學生嗎？羅蘭·巴特說「作者已死」，其實就算作者未死，第十二節也告訴我：

作者未死，也被處置了
好讓我們誤讀
萬世詩表，要由後人讀出來
但是否不需持存，任意編造
是否再無需判別？
學生，還需要老師？
詩人，是無父無母的孤兒？

現在我提出了我的觀點，其實也就正正是在「處置」何老師這個作者，在宣判他作為作者的「死亡」。我作為讀者，與你作為讀者，可以有千萬個異於作者的解讀。我們這些解讀其實都在「殺死」詩人原意，令詩人的詩成為無父無母的孤兒。但孤兒又如何？詩仍是靈動的，「像貓，豈能呼之即來／來了，是覺得你有趣／走，是你沒有好好接待」（第四節）。孔子有沒有養貓，網上有人說有，但我找不到那些資料，不敢下定論。但至少，我猜想，這像貓的詩或許有幾分似何老師的花花吧。

這首長詩，寫的是萬世師表孔子，我看的卻是我的老師何福仁。應該這樣說，沒有當過老師的經歷，也寫不出老師的角度。至少，同樣曾作教師的我，看到那數行，心中的迴響更大。第三節有這樣的幾行：

不用自我評核，不用
寫沒有官員會看的年度計劃
不管你的種族、國籍、膚色

得天下英才，固然最好
只要肯學，那怕是天下的愚魯
學業有成，可能受聘做官
可能罷了，學習是為了修養自己

現今當教師，其中的麻煩事，必包括各項行政工作，乃至自評互評外評等等。作為萬世師表的孔子，在那個時代背景中，能設立私學，已是一大「功績」，還說甚麼行政工作呢？其實做老師的，大抵都有那份「有教無類」的精神，哪怕是天下的愚魯，只要肯學，我便願教。不求學生有甚麼大成就，能「學而優則仕」固然好。但說到底，學習這回事，當老師的更看重學生的個人成長與涵養。可惜的是，現今的教師們，早已被各種各樣的瑣事、行政、文件壓得透不過氣來，教學育人倒成副業了。回想當年何老師的文學課，考試內容是必要教的，但他也不忘在教學中引導我們多思考，開闊我們的眼界，與我們討論做人處世的價值觀。或許，何老師的教育觀，就在這體現吧。

看到第七節時，我彷彿又再看到何老師的身影。當然，寫的仍是孔子，但又何不是何福仁老師他自己呢？

他大量閱讀
一直在思考
如何融入那麼一個古人的角色
又如何走出，切合今人的生活
能否從古今的對話
獲得啟示、教益

當老師的要言傳身教，這是師訓時常提到的金科玉律。可悲的是，中文老師往往被譽為「看最少書的老師」（看當年的《教師起動》的悲壯可見一斑，要推動中文老師的閱讀風氣，甚至比要收齊全校的暑期作業更難）。我有幸，遇到幾位「例外」的中文老師，何福仁老師自是其中的一位。這幾行，寫的是孔子，思古人之言，融入當世之用。上何老師的文學課，讀的是經典文學作品，但他教我們思考的，不限於應試的背誦，更是反問我們如何將古人的智慧應用至今世之中。老師帶我們遊走經典之中，與古人對話，從而有所獲益，是孔子，也是何福仁老師。

讀着讀着，我相信第十三節中的那幾行，對我而言可算是一個很好的概括。

戲言罷了，講述別人的
同時是自己的故事
或者自己的故事，通過角色扮演
沒有一個學生記下他的笑語
沒有一個畫家不把他畫成不苟言笑
不必做詩人，真的不必
但豈能沒有詩的悟性

這幾行寫的，是孔子修史的事。修史，是講述別人的故事。但如前文所說，後人看來，更能了解作者本人——在這，即孔子。但同樣地，何福仁老師在這詩中講述孔子的故事，其實也是在講述自己的故事。至少在我這個學生看來，這詩中我看到的是何老師的身影。引文的後四行，對我而言更似是何老師的獨白。同樣作為老師的他，在我們這些學生心中，最記得的其實是他佻皮可愛的一面，一位偉大的老師也有他親切可愛的一面。相對的，我們現在看孔子這萬世師表，只留下嚴肅而不苟言笑的形象流傳後世，是使人尊，卻失卻那份「人味」。詩人，是瀟灑的形象 —— 如仙般狂，如佛般清，可今人卻是記不得孔子作為詩人的這一面。由何老師這詩人口中說出那句「不必做詩人，真的不必」，似是玩笑來着。但下句卻道明何老師的核心觀點：詩的悟性不能失卻。對於何福仁作為我的老師，在這詩看來，他除了把他「真實又有人味」的那面留給我們記住外，更重要的，我相信是希望我們記住那份對人性、對詩意的感悟。

雖然這詩在網上面世不久，卻也有人早留下評論，說是「以古寫今，以今擬古」。古今交互，或許吧。反正日光之下無新事，歷史總是在重複的。不論是第六節的「瘋狂加租，僭建，欺凌弱小 / 不加勸阻，只推說並非自己的主意」、第七節的「長者安享晚年，朋友信任，年輕人 / 受到關顧，讓他們發展 / 最好的管治，不外如是 / 別侈言給每人一個玫瑰園 / 讓每個人順適 / 不受逼迫已夠好了」，還是第九節的「是牠生存的環境改變了？ / 是甚麼的政策 / 令棲息曠野的犀牛、老虎 / 覺得不再安全？」，無一不是由古至今，老是常出現的吧。我想，是甚麼人就看到甚麼內容吧。我這次集中看的，是何老師；可能這網上讀者關切的是時事政治；或許某些讀者會更注視孔子在這詩的形象；又或是你會有其他關注點。但這也正正是詩的豐富，每個讀者都能有各自的聯想。當然這詩能說的地方仍有很多，但礙於時間與能力所限，只能膚淺地說些皮毛。可能多讀二十個月後，我又會另有一番感悟，但這不影響我現在跟着那帶頭的工作人員，為這詩大力地鼓掌。

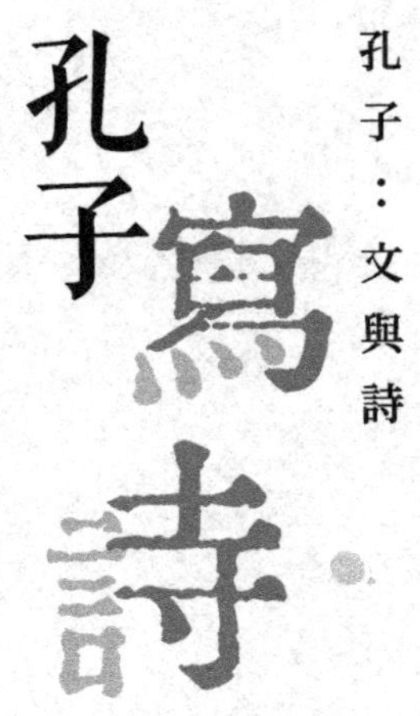

何福仁 著

責任編輯 張佩兒

裝幀設計 陳佩珍

排　　版 楊舜君

印　　務 劉漢舉

出版
中華書局（香港）有限公司
香港北角英皇道 499 號北角工業大廈 1 樓 B
電話：（852）2137 2338
傳真：（852）2713 8202
電子郵件：info@chunghwabook.com.hk
網址：http://www.chunghwabook.com.hk

發行
香港聯合書刊物流有限公司
香港新界荃灣德士古道 200 - 248 號
荃灣工業中心 16 樓
電話：（852）2150 2100
傳真：（852）2407 3062
電子郵件： info@suplogistics.com.hk

版次
2025 年 3 月初版

規格
16 開（210mm × 150mm）

ISBN
978-988-8912-86-5